一
的
旅途
上回
皇吟、怡薰 著

前言

這世界有許多神祕國度裡，正在上演你我每個階段人生故事，而生活延續中的每種片段，也正一幕幕出現在我們的日常中；不同時空裡，每個獨立生命的演出從未停止過，那是一種精神的永恆。

不同的生命體，僅僅是換了許多不同角色，生命旅途中，遇到不同的你（妳），人與人之間的情感關係，相互連結互相有了牽絆，產生了許多意想不到的故事情節，如果可以當起自己劇本的導演編劇，您想如何寫呢？

推薦序

閱讀最大樂趣在於能與自己的人生經驗產生共鳴，這是我看完這本書後的第一個想法，我與這本書有了連結。

前幾年父親過世，頭幾個月是我這輩子最難熬的日子，心情總反覆於自責、懊惱、愧疚之間，這幾年看似已淡然許多，但其實不然。

那麼人們過世之後靈魂到底何去何從？作者因癌末病房的工作接觸到很多無法用科學解釋的瀕死經驗，又甚或親人離世後以夢境的形式傳遞靈魂的可能去處，而這些經驗及夢境組了這本奇幻的靈魂遊記——《一個人的旅途》。

《一個人的旅途》是由許多「美愉」為主角的夢境串連在一起，「美愉」是誰？她代表我們故去的親人，以靈魂的型態在不同時空暢遊世界，在死後繼續完成人世間未完成的夢想，這是一本結合深度旅遊、人生哲理的好書，值得在美好的午後細細的品味。

喬依字遊手寫版主　感觸推薦

作者序一

關於夢境

人一生會有多少夢？肯定是數不完的，而夢是什麼？有些人說夜長夢多，平日想太多，睡夢時就會在夢裡呈現？有些人說夢是自己內心渴望實現的東西，這些都有人說起，同時，夢也在各個不同人的大腦裡有不同的解讀。

以前小時候，生活比較沒有太多雜事，所以夢裡，盡是許多和朋友遊樂玩耍的畫面，至親過世後，開始夢過幾次至親仍活著時的畫面，有些是遺憾無法成眞、有些是彌補、有些是想望、有些是祈盼，不管何如，大家一定希望夢境裡都是好的，美的，善的～

關於夢裡的事，我寫過小說，這次透過皇吟的夢境，再次寫了一些主人翁的旅行記事與想望，透過夢境再次用文字，寫下她可能的經歷，透過夢境，寫下她在另一空

間，可以接收的文字美感，讓我們用文字和繪畫，進到主人翁的夢境世界裡與她一起去旅行吧！

怡薰

作者序二

一直相信宇宙萬物中，仍有許多科學所無法解釋的時空，第六感特別靈敏的我，曾於癌末病房工作過，以往總是半信半疑，直到乾爹、乾媽、家母，親人相繼離開，才知道人們臨走前及離世後，會有一幕幕景像，歷歷在目重演著，在腦海裡也在夢裡，許多關於親人的異夢及景像，背景顯現的各不同，我也花了許久時間，才尋覓到與故事內容雷同相合的自創場景，還有伙伴 Joanna 神奇地使用電繪將許多國家美景呈現出來。

一直想不透，親人反覆在我夢裡、心靈裡，傳遞了許多與家人、朋友、同事之間未完成的故事，這些幾乎是我從未知曉的，它屬於美愉的人生故事，也將許多夢境片段、時空背景，以及美愉在夢裡頭上演的角色，我也一一將她的奇妙故事，慢慢地說給伙伴怡薰聽，她的感受力特別強，也深刻地瞭解，親人旅行託夢所想傳遞的，除了

不捨離，似乎也有許多未完成的夢想，薰便也感動寫下一篇又一篇。

死亡的課題在每位世上的人們，皆爲公平，沒有人能逃過，也許留下來的，更爲苦痛、傷懷及遺憾。

過去的總會慢慢地遺忘，我們需更加珍惜留下擁有的，一日苦一日擔就足夠了。

我的親人帶著喜悅的心情已出發旅遊，相信妳（你）的家人、朋友、摯愛的人，同樣地在每一時空開懷暢遊呢！

讓我們帶著讀者，帶著愉快的心情一起去旅行吧！

皇吟心響

目錄

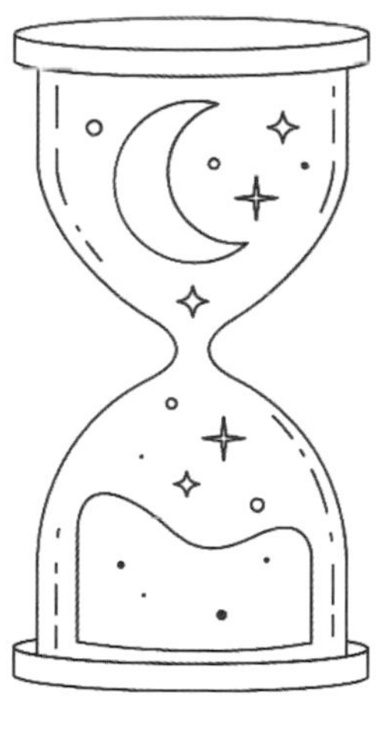

第一章　癌末的啓程　台灣

清晨雲霧冉冉，張開眼迎接每一天的開始，從醫生口中得知，自己罹患癌症末期，那一刻似乎是死神宣判了一個無期，讓她的每一天轉變成煎熬無比的沙漏——

美愉從事教育工作多年，從未想過自己將要面對人生中，最靠近死亡的課題。聽聞醫生的宣告後，美愉用盡全力，想讓自己所有的財產來喚回僅存的生命，哪怕是一個月也好，她流著淚懇求陳醫師：「眞的沒有任何辦法再醫治了嗎？我好想活下去。」陳醫師爲了不讓美愉喪失信心，鼓舞著：「有新的化療藥物可以試試。」醫生的回應使全家人滿懷希望，準備迎接這未知的挑戰。

同事朋友們每回在醫院見她時，美愉總是告訴大家：「不要爲我悲傷，因爲我承

受不住，來探望我的朋友請不要流淚。」美愉希望朋友們，盡可能說些開心事，讓她內心能拾取微薄的支柱，病體微恙的自己，真的無法再傾聽別人的芝麻綠豆煩惱小事，所以我總是在她身旁靜靜地陪伴、傾聽她訴說著許多睡夢中的夢境。

她描述的夢境，似乎是關於前世今生的，也像是她從小到現今的回憶印象，美愉個性聰慧，內心住著一位浪漫情懷的小公主，病榻中她總說：「好想再次享受一回蜜月之旅。」

美愉虛弱的身軀，終究無法抵擋這些日子化療的猛烈侵擊，她勇敢地面對安寧緩和照顧，每天依然禱告祈求感謝主，給予她美好的恩典，這強大的平靜力量憾動了我，如果發生在我的身上，又會是如何？

最後兩回探望，都是美愉安祥地閉著雙眼休息，那面容眞的好美好美，平靜的氣氛彷彿傳遞她最後的告別：「面對未知的死亡，我並不害怕，輕輕呼喚著我所愛的親人摯友，想告訴他們，我很好！不要爲我牽掛！謝謝這些美好生活的回憶，此刻，我完全沒有疼痛慢慢地沉睡，再醒來時，等著我的，是一個更美好的時空境界，這世的身體病痛留下，但我的愛在心中，仍會繼續豐富著生活，那段永恆不會更迭，此刻我好想回家啊，好想去旅行——」

故事中的主角，是親人離去前的眞實心情，由美愉講述她在夢中的所見所聞，並傳遞給我，每一篇的故事景象，也許是她未完成的心願，也許是她在另外一個世界中所經歷的，穿越時空，一幕幕傳遞到我的心靈深處。

皇吟

合歡山

第二章　蜜月回憶　日本

猶記得二十年前的幸福蜜月旅行，來到一個充滿繽紛花卉的花田舖，最迷人的薰衣草搭配上白色滿天星，旅人們拍個不停，各個角落都留著你我的身影，薰衣草風味的冰淇淋還有紀念品，那美麗的酒杯和乾燥的薰衣草花袋、皂品都一直收藏在我們家的櫃子裡，捨不得使用、捨不得忘記。

到大沼國定公園時，我們仍時時刻刻牽著手，搭上船隻登賞駒岳，泛著天然葉脈著色之美調，湖光山色微風吹著，船末激起的水花和湖映風光都極爲迷人，你說：「船上的旅人都喜歡你穿的那件蕾絲上衣，與你的肌膚顏色相襯，更顯白更亮麗。」我喜歡你相機裡拍攝的每一個時段的我、不同心境的我。

夜裡，我們到大雪山十勝酒店，品嚐北海道富庶的海鮮餐食，各色的小皿和小菜餚，擺盤美不勝收，旅行社附贈的蜜月香檳及團友熱絡的祝福聲，我默默許一下個願

望——希望六十歲時，我們還能再同遊此地，再享受一回蜜月的時光。

次日，箱根內戰古戰場那美麗的五稜郭古城，總有一種奇妙的引力，讓我在五稜郭時總被靜電電著，導遊笑稱該不會是妳的先人召喚？後來導遊自覺，這是一句不得體的笑話而尷尬陪笑，我倒覺得登高俯瞰這座美麗的五角五稜郭，的確有一股神奇的親切感，說不定多夢的我，在某個時代裡，曾經有什麼故事在這裡發生過？全團三十多人僅有我一人一直被靜電電到，這豈不是一種奇妙的感應？

再到金森倉庫群時，那一整排的紅磚赤瓦建物，同樣令我們神迷，有可愛造型的特色小店，讓大家荷包一直減少。我喜愛的是，你特別在那家香檳店，選購了屬於我們倆英文名字的紀念香檳，預定五十歲那年再度重遊時開來慶祝。兩側的美好風光，同樣留下很多的相片，我很愛你相機中看著我的眼睛，同時我的眼裡也只有你～

夜色迷濛，函館山上的著名百萬夜入眼，是山下的各色七彩虹光，美片大地，著色的夜和北國這些日子的美好，印象都讓人如癡如醉，你說我們還要再來幾回，你說的每一句話，我都記在心底沒有忘記——

怡薰

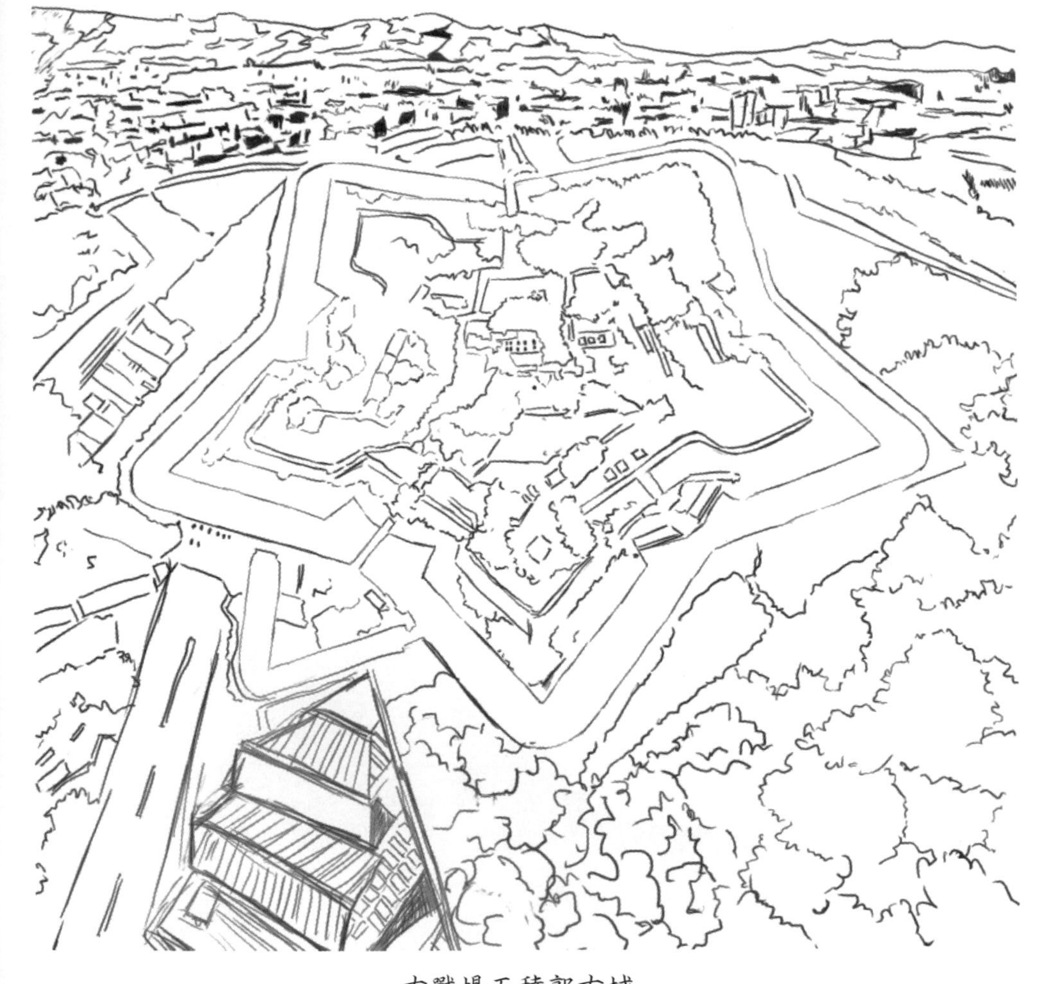

古戰場五稜郭古城

第二章　無辜的悲泣　中國

時空背景轉至民國初年的舊上海待開發區域，古老建築總帶著那麼一點神祕色彩，外灘正開發路上塵土飛揚、車水馬龍，就在這時空交錯裡，腥風血雨，無辜悲泣的一則故事就此發生——

一位瘸腿統帥領著幾位士兵，急促從橋上追趕著一位像是女竊盜吸毒犯，士兵手上拿著槍支，準備隨時發動圍捕。橋上駐足的旅人與女子擦身而過，皆是一個個好奇回頭，望著美愉拼命的奔逃身影，瘸腿統帥個性獨霸，占有慾極強，他命令士兵嚴密搜查，盡快要抓到這位女子。瘸腿統帥性格怪誕，源自於他的瘸腿缺憾，自認天賦異稟，但上天卻附他一殘疾形體，致使他內心，強烈怨嘆，巨大的自憐在心中無法釋解。

他心中憤怒積壓許久，報復之火讓其失去理智，他舉起槍，向著前方兩百公尺處，瞄準美愉的腿部，狠勁地送上一發子彈，磅的一聲！子彈急速落在腳邊的沙塵上，但反彈力量誤射了正在行走的路人。

美愉早已厭倦這幾年，瘸腿統帥對她糾纏不已，她個性熱情，但他外表冰冷，內心酷寒，她對情感懷有浪漫、抱有幻想，而他對情感，則是獨霸且表象。他總批判她過於夢幻的詩意情懷不切實際，兩人的關係就像拔河一樣沒有交集，美愉厭倦這樣裹足不前卻又無能爲力改變的關係。

誤射的一搶，引發統帥深怕美愉逃匿，他慌亂跋扈地展開圍攻，幾聲令下大喊：「射擊！射擊！」士兵們無奈的開槍，槍槍聲響落在長堤沿岸，槍聲與火花劃破原本靜寂的天際。

美愉流淚奔跑，她對無辜受到槍殺的路人，滿懷歉意卻不知所措，一幕幕被槍彈擊中無辜的人們，流血躺臥在沙灘旁，她因急忙地穿梭，幸運地躲過子彈攻擊。這

時，由於愧疚及自責，她放慢腳步，內心恐懼仍敵不過心中矛盾的愛，停下腳步那一剎那，子彈貫穿在她左胸後——

是死亡？亦或停住了時間，美愉睜開雙眼，身旁的回憶與點滴，無聲地在腦海底滴滴落下，那映畫，如同悲泣無辜的人們在眼前流著血的慢動作。她爲這些無辜的人們禱告，祈求原諒及祝福安息……景象似眞似假，美愉身處於哪一個時空？

在我們的時空裡，也有許多類似的情感糾葛與情傷對立關係，一切都只是因爲愛了，付出了一顆眞心，而渴望得到另一份眞情的回饋，有些人習慣了那份被愛感覺、那份甜蜜依戀，有些人追，有些人逃，世上的情愛那麼複雜，這些答案就留給眞正相愛的人們去回答吧！

皇吟

中國舊上海

第四章　奇妙的緣分　澳洲

時空背景轉向一個現代綠草庭院——美愉被一神祕人士救了下來，她在麻藥退效後的疼痛裡醒來。

頭痛昏沉地四處觀望，這裡似乎是某人家的私人會館，女管家看到美愉醒來，急忙過來：「你受了重傷快躺下來休息。」「這裡是哪裡？」美愉用手護著傷口，一心想坐起來問清楚，但傷口實在太疼讓她再次昏睡過去。

不知過多久，美愉再次醒來時，聞到房內濃濃的藥水味，美愉模糊地見到有位陌生男子在門邊，著急看了一眼即離去，留下細心照顧她的管家，一直把她照顧得無微不至。

兩天後，美愉終於醒了。當她小口啜飲著小米粥，男主人忽然出現在她面前：「妳終於醒了，那眞是太好了。」美愉準備起身感謝，卻被他阻止了。不等美愉的回答，他轉身留下了一句：「多休息！若有什麼需求，儘管跟小玥兒吩咐。」然後留下美愉和小玥兒在房內。美愉問：「請問是誰救了我？」

小玥兒整理桌面時順意回答：「是李建築師，去維多麗亞大廈附近，視查他設計的建物時，在街口，發現妳躺臥在血泊中，還好當時他開車經過，趕緊救了妳。」

「李建築師？」美愉根本沒聽過什麼建築師大名，不過小玥兒沒等美愉再問什麼：「我先去準備您的中餐，請您好好休息。」美愉一個人，在偌大的房內，眼前是氣派華麗風格的白色大宅，精緻的窗花，透些陽光讓這房內有了溫馨氣息，另一窗櫺外，隱約可以看到樓下，街頭巷尾忙碌的市集與市民生活日常。

傷口隱隱約約滲出血水，美愉知道自己差一點就失去了生命，她閉上眼睛想著一些事情，卻想不起來究竟自己爲何會受傷，自己應該是在醫院做治療才對，怎麼

會？窗外那些人是外國臉孔，自己卻受著傷，窗外的草地上，站著幾隻琴鳥悠閒地覓食。

午後李建築師終於露面了，正在屋子的園區椅背上，曬太陽的美愉，面對這位男士，顯得有些緊張，但成熟的李先生，坐下來與美愉談話時，卻想不起自己爲什麼會來到這個時空，只記得他淺淺的微笑～夢就散了。

怡薰

澳洲墨爾本

第五章　仁川探訪之旅　韓國

這日天氣晴朗，天空一片無雲靚藍，令人心曠神怡。美愉白天在一家韓國南怡島飯店當櫃檯助理，晚上回到租屋處在線上進修韓語，日子過得十分充實。

這位張教授是朋友介紹的韓文老師，除了線上上課，每月還有不定期的文化交流，對這些異地來韓國學習的學生來說，有台韓血統的老師，更爲親切，特別是老師上課時，溫柔親切的教學態度，有同樣來自臺灣的一種土地親和力，讓美愉在學習時更有動力。假日大家相約要從南怡島到仁川去探訪老師時，美愉顯得特別開心。

次日，美愉與同學一同來到老師家，進門是美麗的小院子，擺放著可愛的木雕小桌椅，還有整理得有條不紊的優雅走廊，老師親切招呼，示意兩位客人坐下喝茶。

張教授：「在韓國這些日子還習慣嗎？飲食也習慣嗎？」

美愉客氣回答：「還好有同學和老師幫忙漸入佳境，也習慣韓國的飲食了。」

面對帥氣的老師，美愉內心有一股悸動不能明顯表白，不過來到異國，可以和臺韓的老師親切對談，眞的好愉快，心底深處湧起一股粉紅泡泡～

美愉環視院內，有棵盤根錯節的大樹，樹影搖曳，老師的聲音好像美妙音符，一直伴隨繚繞著。此時，屋內走來一位穿著韓國傳統美裳的優雅女子，手上端著點心，張老師起身介紹：「這位是我內人，喜善小姐。」

美愉和同學兩人起身有禮的點點頭，但美愉的內心升起一股小小的失落～原來老師結婚了！這時有些尷尬，但美愉仍要保持鎮定、風度，對著師母微笑：「師母好年輕漂亮啊！」

師母：「你們聊，中午就留這裡用餐喔！我一早就起來準備了。」對於熱情的老師與師母，這樣的中餐邀約，美愉和同學兩人盛情難卻，只好留下來用餐。院子到室內被師母打掃得一塵不染，美愉心中那份對老師的愛慕只能放在心底，永遠不能開啓。這份愛是仰慕還是愛？是哪一種情感？美愉在師母的一顰一笑間，有了答案……

怡薰

韓國仁川

第六章　玫瑰莊園～似曾相識　歐洲

六月艷陽高照，玫瑰谷的氣候被天空撒下的陽光照耀的更加溫暖，高山上那些流下的冰水，含有豐富礦物質，是莊園裡那些玫瑰養分來源，每株都爭奇鬥艷，各自盛放美麗，接下來的國際玫瑰節裡，誰會勝出？

美愉與同事正在玫瑰園內巡園，做修枝整條的工作，園內蝴蝶和蜜蜂，把這些玫瑰當做遊樂園裡的躲貓貓場所，一下子飛到東一下子飛到西，甚是快樂無憂，園內那一千多種玫瑰，明年要增至二千種，美愉看著那些品名排列，一直樂於這最美好的工作。

移居到保加利亞的這些日子，就是努力用心研究玫瑰王國裡的玫瑰知識，玫瑰精油、玫瑰面膜及玫瑰附產品……等的推廣，好東西就是想讓故鄉媽媽的皮膚問題有所改善，像是玫瑰露和玫瑰芳療，這些文化的認知和進步，讓美愉如獲至寶，來自世界各地的加盟商人，也同時在公司裡巡視商機。

以美愉爲主，正要發表的玫瑰精油療癒室最爲火熱，以花室滿屋的自然概念，讓客戶可以在舒療的場域裡，感受玫瑰視覺美態，還有身心靈的成長。這日來了一位很特別的客戶：「去年，我來訪時沒見過你？」美愉轉身，是一位高大紳士打開話匣子與其攀談。甜美的微笑，讓這些簡單的談話更加有溫度，同樣來自亞洲香港的黎先生，讓美愉留下美好的印象。

過了幾日，一年一度的保加利亞國際玫瑰節上，兩人再次相遇，黎先生爲美愉責任的專案下了一個大訂單~幾日內的相處和處理送貨事，讓兩人更加親密。那似曾相識的眼神，美愉確信自己曾在哪兒見過？但是，究竟在何時何地？內心迷濛著……

內心深處那些曖昧與未定的未來，是否會再發生更多的故事？不得而知。

怡薰

保加利亞

第七章　魂牽夢縈　歐洲

故事開端傳遞著一個訊息——如果是命中註定，就一定會再相遇，也許他（她）就在另一角落等候著。再見面時，那眼神的交會，依然會讓兩顆心仍有美麗的悸動。

歲月流逝，生活中柴米油鹽忙碌的啃噬，總讓每對相愛的戀人，從物質現實中走向沉默冰冷，日子久了漸漸形同陌路，是因為個性使然？還是因爲生活裡的磨擦與誤會而不愛了？或者是連自己都忘記如何愛自己？種種內在對話在腦海中反覆不定，依然尋求不到生命的謎團。

美愉從小就和母親一樣，擁有令人稱羨的雪白肌膚，母親在她求學時期的某日跳樓自殺身亡，突如其來的悲慟與謎團一直圍繞在她心中，像被一顆巨大的石頭壓住，無法承受。

她自小與父親及倆兄弟，相依相伴成長，也讓她總是看似堅強外表下，掩飾內心脆弱。她秀外慧中聰明伶俐，求學時期亦出類拔萃，大學四年，靠著家教工讀薪資支付自己學費及旅行費用，射手座的她，靈魂裡有著無限浪漫情感，她每一站旅遊計畫，都是爲了讓自己幸福而出發的，她常說：「我開心，身旁的家人朋友也會開懷，而這世界才會更幸福。」

美愉自由靈魂的旅行，有次來到琳瑯滿目的木屋，這種懷舊復古背景，總會讓人聯想到——武俠劇的景像，武俠劇中，英雄俠客仗義救人的豪傑氣息與風格令人難忘，但此刻，這場景卻是在遙遠的歐洲礦木區——

畫面急轉，步行在破碎瓦礫之上，喀囉囉的聲響引領美愉走進了一間木製茶屋，她靜靜地坐在屋外一隅，觀察來往旅行人們，每個人的臉上都充滿微笑，欣賞美景並拍下美麗的畫面。屋外擺放了許多色彩繽紛的小盆栽，美愉特別喜愛的白荷花，這季節正盛開著，她雙眼緊閉，陶醉於陣陣花香……

這時，突然聽見喀擦的聲響！張開眼，見到似曾相識的男子，爲她迷人陶醉神態

拍了張照片，這位男子向前與美愉說了話：「妳好！我是 Will Lee，工作是職業攝影師，很開心能在異地遇見會說中文的朋友，剛才，妳閉眼凝神的瞬間畫面，我剛好將它補捉下來，真的好美好自然，可以一起坐下來欣賞作品嗎？」

美愉看著眼前這位似曾相識的 Will，盛情之邀，一時之間，愣住了好片刻說：

「喔！好啊！請坐吧！」

於是，在這懷舊復古客棧戶外聊了起來，雖然在國外偶遇，但倆人就像認識了好久好久，天南地北地暢聊不同的話題，在同一時刻、同一個空間，他們享受此時的彼此，幾乎忘記他們身在何處——

大二大三的美愉，總是把課業、社團、家教行程排得相當緊湊，因為安排太多事，就無法有閒餘時間玩樂，僅能在寒暑假，才有屬於自己的放鬆旅遊，對於這點小確幸，卻是她十分珍愛的獨有生命喜樂。

大三時，她在奇妙地機緣下參與攝影社，倒不是她的興趣，而是愛上攝影者所拍的每張照片，從不同攝影人士的角度鏡頭，來捕捉藝術美感，掛起欣賞著每幅作品時，自己會特別感動，如詩如畫的照片，總能療癒美愉內在心靈缺失的那一幅。就在她進入社團教室的那一剎那，她似乎見到夢中，曾與她旅行中認識的 Will Lee，而教室裡的他抬起頭，帶著深邃的酒窩微笑著與美愉四目相接，說了：「妳好！我是威立，美術系大三，很開心能在這裡認識妳——」

皇吟

瑞士

第八章　小小美人愉公主城堡　歐洲

這日是一年一度的城堡開放日，公爵一早，就在大廳招待那些達官政要，小小美人愉公主，則是被要求今天要打扮特別漂亮才行，不過昨晚，小小美人愉公主在三樓窗台上，望著那難得的獅子座流星雨時，居然忘情地睡著了，難怪女僕端進早餐時，美人愉是累倒在窗檯上醒不來的。睡眼惺忪的她被女僕的叫聲喚醒，走下閣樓。

女僕說：「我的美人愉小公主啊，今天可是重要的城堡開放日，你趕緊吃早餐，我來幫您綁上最美麗的髮帶，公爵交代，今天您一定要是最亮眼的啊！」

這時，美人愉公主急忙在餐桌前享受早餐，女僕趁用餐的同時，幫忙她整理亂髮，將其梳理整潔並綁上最俏麗的蝴蝶結！

整妝完，公爵剛好也來到三樓，一開門見到那嘴上還有穀片和牛奶的小嘴，忍不住唸了一下：「啊呀呀！我的小公主啊！場外一堆人準備要見我的小公主，妳可得快點下樓！」公爵親吻了一下小公主，然後示意女僕，趕快把公主臉龐擦拭一下。

急忙被帶到一樓時，在迴廊遇上一位哥哥，帶著平民小朋友們進到城堡參觀。幼時就很孤單的小公主，見這群小朋友來訪感到特別開心，女僕帶領著小公主和這些小朋友，一起在遊戲室內玩耍，小朋友們身高很迷你，就像是七矮人一樣，處處呵護著公主，陪伴著她，這一玩就忘了時間，近中午時女僕端來美麗奢華的漂亮蛋糕，讓大家和小美人愉公主一起分享！

這日，小公主在大哥哥和小朋友的圍繞下被喜愛著，平民小朋友不時稱讚她穿的衣裳很美，同時也稱讚她可愛配搭的髮飾和迷人的笑容。

午餐後，大伙兒來到草皮上玩盪鞦韆還有滑水道，女僕一方面要顧著她穿的華麗衣裳，一方面也得顧護著小公主的安全，可真是累壞了，還好那位帶領的大哥哥，一直幫忙照顧著小美人愉公主，讓她感受到一種特別被寵愛的甜蜜。

午後，大家準備要回家了，小小美人愉望著大家正在收拾物品、準備離開時特別落寞，大哥哥安慰她：「我的美人愉公主別傷心，每一年的寒暑假，我們會再回來找妳的。」

臨別依依，小公主含著眼淚，目送他們回去，心底依然隱隱地難過著。

怡薰

德國

第九章　金字塔與星系的神奇密碼

埃及的金字塔——被世人稱為七大奇蹟之首，開羅烈日下，氣溫來到近三十五度，美愉在此研究工作進行到第三季，工作人員來自世界各國，研究三千多年來，金字塔的各種傳說與星系的神奇密碼，從過去多年的文獻裡有不同的意見，有些科學家說金字塔有四千六百年歷史，有些考古家認為只有三千多年歷史，在世界各地流傳著被搶奪的那些文物裡，美愉最有興趣的是關於古夫金字塔邊亂石堆的兩座木船遺跡。另外還有關於金字塔排列位置應對的北冕座及武仙座相關範本，都是這幾年美愉一直研習的內容，專心工作的美愉總能吸引一些專業同伴的目光。

這日，來自日本的研究生木村先生，給了美愉一份珍貴的文件：「哇！怎麼會有這張牧夫座與天琴座對應北冕座及武仙座的圖騰？這太珍貴了。」美愉對木村先生這份資料實在太喜愛了一直嘖嘖稱奇！

木村先生：「我來的這幾個月聽同事說，你對星星和金字塔的關係圖很著迷，剛好，我妹在大英博物館看到這類的文獻，她就傳來給我了。」美愉面對本來不是很熟的木村先生眞的太感謝了，她接過這份資料後，馬上對木村先生說：「走！我請你喝杯感謝的咖啡！」

兩人因爲一份難得的資料而熟稔起來，美愉喜歡親切的木村先生的工作態度，同樣來自亞洲，雖然只有三十多歲，但對工作的積極與熱情讓美愉很喜歡。接下來的日子，他們常常一起在金字塔周邊因工作碰到，久而久之，也因爲喜歡埃及夜晚的星系話題等而愈來愈常見面。

某天，新聞提前預報周日會有獵戶座流星雨，兩人相約一起欣賞這難得的150顆流星雨。在美麗的星空下，他們因爲夜星的浪漫與日久眞情而更爲靠近，座落在埃及這遙遠的國度，仰望天際的繁星流過，木村的手牽起了美愉溫熱的心緒……

怡薰

埃及

第十章　幼時台中眷村情懷　台灣

午後四點正是國小孩童下課時間，美愉與幾位同學下課後沒有直接回家，他們群小朋友下課後，首選就是樹屋區，大伙很有默契在老榕樹下玩沙，隨意路上採下的花朵和葉草拿來玩炒菜遊戲，有些孩子在樹邊盪鞦韆，有些淘氣的男孩則是在樹屋前前後後玩著捉迷藏。

孩童們快樂的嬉戲著，住在附近的眷村媽媽大聲吆喝：「別玩太久啊！快回家寫功課！」孩子們練就一耳好功大，聽聲音就知道是哪戶人家的媽媽叫應的呼喚。

等大伙散場時，美愉也背起書包走回家，回家的路途中，矮牆上有幾隻可愛的貓和她打招呼，眷村小巷弄那些老舊的紗窗，總能傳來鄰居媽媽們煮飯時的美味香氣，美愉肚子也餓了，趕緊快步走回家。

一打開門，立即見到溫柔的媽媽，在小小廚房煮飯的背影：「回來了，快去洗手吃飯了，爸爸今天打電話說有餐會，就不回來吃了，你和哥哥兩人吃完快去寫功課，下週要考試了，千萬別大意啊！」洗完手後，呼應哥哥一起用餐，餐桌上有好吃的豬油拌飯，還有炒的油亮亮的地瓜葉和菜圃蛋、魚皮湯和水果～

飽食後，哥哥很清楚他的工作要洗去洗碗筷，這是眷村阿公留下的傳統，家中的男孩子吃完飯後，一定得要洗全家人的碗，才能去寫功課。妹妹的家事工作，則時折疊全家人的衣服，分工合作大家都要付出。

美愉對著正在縫紉機前忙碌的媽媽說著：「媽！我要去看書了。」轉身進到房間拉出小椅子，坐在書桌前倒是先抽出了一本漫畫書《尼羅河女兒》。這可是美愉存了好久的零用錢在租書店裡租來的漫畫，畫中唯美的畫風和迷人的故事，讓美愉沉浸於故事中，忘卻了下週要考試一事。等到媽媽站在她後面許久，絲毫沒有查覺：「不是說是要寫功課？」美愉被突如其來的聲音嚇到，差一點從小椅上跌下來。

媽媽嚴肅著臉說：「課本拿出來我測驗一下。」拿出紙筆的美愉微微緊張接受媽媽的抽考，還好幸運之神眷顧，抽考的項目全都 pass。媽媽捏了她的小鼻子：「算你走運！全都答對！」美愉開心地吐吐舌頭表示俏皮樣。

夜晚爸爸應酬回家還帶了客戶送的伴手禮，這是脊村長者自己醃製的臘肉和香腸，全家人在小屋子裡談天說地、閒話家常，真是愉悅愜意。

光陰飛逝，這些記憶留在心中，留在遙遠的時空裡～

怡薰

第十一章　公主，妳好嗎？　歐洲

憶起童年時，睡前總愛聽著父母親唸著床邊故事，夜晚就會因爲這些故事，產生許多美好的夢境出現，睡得也更爲甜蜜。漸漸地長大後，發現故事中美好劇情的結局，和自己生活現實種種截然不同，於是美愉告別童話故事、告別內心那位小公主，告訴愛作夢的自己：

Accept all the real life!

天下無不散的筵席——過去的旅行總是一人獨自飲酌，餐廳那些來來往往許多遊客，說著世界各國語言，從不同的聲調快慢能感受到每個人飢餓的程度，透過觀察，最平靜的是夫妻們帶著的小朋友，因爲惟有小孩子能完全不吵嚷專注地享受餐食，珍愛食物給的富盛時刻——

回想在家時，飯桌上有我最愛吃的牛肉麵，這是母親費勁工時慢燉的最佳菜餚，正在書房寫功課的我已禁不住那牛肉香氣的誘惑，飛奔到廚房餐桌前安分地坐著，品嚐母親自燉煮的美味牛肉麵，小美愉對母親說聲：「謝謝媽媽的愛心！」立刻湊進碗內聞香，慢條斯理一條一條麵兒咀嚼著，母親見她開心的吃著，就會問問：「小公主啊！今天去學校開心嗎？有什麼好事情發生，分享給媽媽聽。」身爲主婦的她最愛是忙碌之餘，父親、兄弟們回家用餐，趁全家人同在餐桌上聽聽大伙兒們在外頭發生的瑣事，所以每每在餐桌上團聚時，大家除了品嚐媽媽美味料理，更是七嘴八舌的渡過熱鬧的餐食時光。那時候人家笑得多麼甜蜜，全家人都繫在一起眞的好幸福，美愉眞的完全無法理解，這麼幸福的生活，母親爲何要忍心地選擇離開？

她從未給我們一個預警或解釋，直到長大後才知母親罹患憂鬱症許久，原來表面平靜的她，內心被困住了這麼漫長時間，從未有人去傾聽她的痛苦，也無人可以及時解救她，憂鬱症的她像是困在一座黑暗的城裡走不出來，屋外的陽光似乎被什麼不明的城垣阻隔著，一想到這裡，美愉心裡感到好疼好疼——

如今好想帶著溫柔體貼的母親一起去旅行，將深藏許多成長的小祕密與她分享，那會是多麼幸福啊！

夜裡，母親輕輕的進入我夢中，跟我說：「小公主啊！妳好嗎？」

美愉聽見母親輕聲耳語忍住了眼淚，緊緊抱著母親：「妳要好好照顧自己，有一天我們全家會再團聚一起，請放心——」

皇吟

第十二章　癒合之旅　日本

這一季初冠雪在富士山呈現了，還記得昨天仍是寒風刺骨水氣未滿的，今天就換上了新妝。

山腳下的小屋，人來人往，美愉坐在小屋內整裝，準備上山，望著山上薄雪覆蓋於山頂，那雄偉高聳神祕，令人敬仰的這座富士山，寧靜的銀白雪景與雲層裡透出的美麗姿態，吸引全世界熱愛登山的人到訪。

日本閨蜜友人與美愉，前一日即預約入住河口湖畔的登山小屋——雪見閣。日本友人相信，若是新年頭一回做夢夢見富士山，表示那一年全年都會過得很順利，夢境無法強求，那不如親眼來拜訪這座神山，不是更爲親切？

巍峨的富士山矗立於眼前，往山上的小徑，靄靄鋪上雪花，空氣稀薄而且乾燥，但小徑邊的枯樹枝椏與山的壯麗，繪出多幅美麗的冬雪風情畫。

熱愛旅行的美愉，是為了母親輕生之事來為她的來世祈福，逝者已遠去，但終究是生她的母親，母親生前遇到什麼磨難或什麼苦，已不得而知，美愉能為母親做的，只有遙遙的祝福。

人生的脆弱與憂慮都是不可觸擊的思慮，逝者肉身化成美麗的分子，埋葬於大地，但精神可以化成白雲飄散於空中、化成泡泡遊戲於大海、化成不同的物質傳遞夢境與訊息。美愉深信她對母親的思念與愛，可以傳遞到異度空間與母親相伴。日本閨蜜知道美愉內心的苦與不捨，所以選擇靜靜陪伴她，登上這座美麗的富士山。

山靜但山無語，冬攀富士山每一步都為母親唸出祝禱詞，愈登愈高美景美崙美奐，枝椏上的水氣結成的雪花透過陽光的洗禮映出好美的線條，大地萬物都有生老病死四季更迭的輪迴。在美景與大自然的洗禮中，美愉內心更堅毅了，她深信母親雖然身軀化成精靈，但內在溫柔的那股美好精神仍留在她心底，她要為自己好好活著，她要在有生之時，堅毅傳遞這份愛的力量給大家，心的傷口總有癒合的時刻，你／妳願意相信這股力量，它就會進到你的心底成為最堅固的那道牆。

怡薰

日本富士山

第十三章　來不及告別　杜拜

是我走了！老爸爸！

心疼你臥床這麼悠長的日子，我們也難得才會去探望您，我知道您一定不會責怪，過去您總是把我們捧在手心上，給予子女們滿溢的愛，讓我們倍受寵愛。

那天我化身一隻小飛蛾，偷偷地在你耳邊低語，不知有聽到女兒的探訪，我還俏皮地在您額頭上親吻一下，也見到了我們開心地告別，以後只要您想起寶貝女兒，我就會出現在身旁陪伴，讓您不會感到孤單。我與母親現在在美麗神奇的地方旅行，想帶您去住海上帆船飯店，我們可一起在海景下享受美食，各種海洋魚靜悄悄地在身旁望著我們，分享我們的喜悅。我們可以躺臥在奢華如國王的寢室裡，咱們就邊喝著紅酒，再聽您訴說著抗戰勝利的老故事，哇！這樣的時光眞的好幸福！

我最摯愛的谷谷、星球大寶貝還有長兄、弟弟、弟妹及姪兒們，請原諒我來不及與大家好好地話別，但愛你們的心總是滿溢於言表，僅能透過小姑姑，在我與她傳遞的異夢中，來傳達許多異時空裡我的現況與美好，請大家都放下心來，開心地在每天生活裡繼續往前行，我也會一直祝福著家人親友們，在這艱困的環境下仍保守心中平靜、喜樂的心，只要閉上眼默默地禱告，就會有更多恩典賜福在生命中，永無止息。

皇吟

杜拜

第十四章　星星是媽媽的眼睛　台灣

小時候最愛和媽媽一起坐在院子裡，欣賞夜空中沒有光害干擾的星星，那時城市光害少，只要在飯後全家人坐在院子裡泡茶聊天，小孩玩著象棋桌遊，聽著大人閒話家常就是一種單純的幸福，時代進步後，雖然城市光害多了，但印象中那些星星的名字一直在天際存在著。

記得一八〇一年一月一日，新聞報導發現谷神星這顆奇異的矮行星，媽媽說這顆星要特別記住，因爲他位於火星與木星之間，而且名字有一個谷！呵！

媽媽喜愛研究星系，不時會注意這些星象的故事和新聞，作爲星星的探究員可以多一點話題。媽媽發現，只要話題討論到星星，碩碩的表情都特別活躍興奮，神情裡自帶光芒，那種自信感讓媽媽覺得特別欣慰！

有時也會在書房裡研究國際天文聯合會裡公布的星星消息，例如太陽系裡有多少小行星您知道?被告布的居然有 1026572 顆這麼多。

有次全家人上阿里山看夜星時，銀河系中數以萬顆的美麗星星排列著不同的符號與圖案使碩碩超級興奮，他拿著攝影機拍了好幾個小時，全家人坐在舊鐵道木棧道上喝著茶、欣賞銀河動人的線條，喜愛的事會讓人忘記高山裡的低溫襲人，忘記拍攝的時間冗長，因爲每一顆星都有特殊的位置和名字。

碩碩在次日展現了他拍攝的星象成果，媽媽倒了杯熱可可給他保暖，滿嘴還是昨晚那些夜拍的星星移動話題，全家人回飯店睡覺，他留著拍了好幾個小時。

媽:「我昨天還拍到一八六六年起被發現的獅子座流星雨喔!沒想到十一月底來高山上還能被我拍到，而且他的母彗星是坦普爾塔特爾彗星，流星雨一閃一閃好像媽媽漂亮的眼睛喔!」

美愉和家人一邊吃著早餐一邊被碩碩的甜言蜜語撩得好開心。後來媽媽身體每況愈下時就告訴我:「人類都是渺小的，終有一天會回到天上去。如果眞有那麼一天，只要你想我時，就望著天上美麗的星系，那一閃一閃都是媽媽想念的眼睛~我對你的愛如永恆的星空燦爛，關心永遠都在~」

怡薰

第十五章　希臘雅典神殿　歐洲

愛琴海的海風吹來，讓登坐在帕德嫩神殿旁、欣賞這座偉大祭祀雅典娜女神的神廟看起來格外莊重，且有一股鎮定內心的力量。美愉手中那本小巧可愛的書籍裡，密密麻麻的文字和古希臘二千多年前的圖案和壁畫，都深深讓她著迷。

一個人靜靜端坐在這座巨人神殿前，研究著從古希臘時期一直留傳下來的故事和建物，想像那些建築工人正在烈日下雕塑優美的線條、雕琢這巨大的建物要花多少人的心血？

城下的工人努力地拖拉著石塊和材料，烈日下工人不敢言語，身上只披掛著單薄的紗衣，腳下踏著草鞋，一步一步拖著石材往前邁進，建造多立克柱。藝術工匠則是用心雕琢神聖的臉龐、女神頭冠及襯衣、華麗的蛇像手飾與腳飾，在神殿的每一刻都要聚精會神，專注雕鏤才能獲得尊重。

還有舊時代那些建築師高超的測量方法及建構方式，一頁一頁舊書目的速寫畫面和炭筆觸感讓美愉好像走進了那些建物裡。幻想著自己穿著飄逸的古典衣飾，頭盔中放置了斯芬克司雕飾，而兩側是獅鷲的浮雕，她化身成美麗女神，站在神殿前迎著風迎著世人的注目眼光～

瞬時她轉身進了一座兩百五十年後的教堂，而她身上的衣飾和頭冠居然已變成站在身後的那座菲迪雅斯畫中的女人。場景在腦海中一直幻變著，眼前的這些遊客非常陌生，她忘了自己身處哪一個時代？神奇的是，手上竟有一條精緻的蛇像手環，腳上也同樣有舊雅典時期的腳飾留著……

怡薰

雅典神殿

第十六章　風暴

這事件發生在美愉身上，她從未在意，但我內心卻爲她感到憤恨不平，留下難抹的印記！

一直相信著人性本善這句名言，但現實中還是讓我們碰到人性險惡這一面，有時候就是會遇到一些險阻，這些生活歷練成就了內心堅強，轉換個角度思考，也許能讓內心看見不同的風景。

夢裡跟著美愉來到了一個市集，女人們見著琳瑯滿目、便宜的美裝美鞋和五花八門的攤位，心就開始湧起一種購物欲想。夢境裡的白天是平凡馬路，晚上是路人步行街，每到傍晚，就會像夜市搶灘一般，湧現各式攤販開始擺攤販售商品。

胡志明市民也很懂得浪漫布置，吸引很多外國遊客，這裡也有許多高檔酒吧，咖

啡公寓外，準時晚上九點以後會出現許多曼妙身材女郎哦！

逛夜市時，我們開心地品嚐著鮮美海鮮、串燒、椰果奶茶（夢裡椰果還眞的超多），逛街行走的勞累，讓我們倆人飢腸轆轆，坐在座位區等待大快朵頤一番，就在我們不顧形象、大剌剌地吃喝時，猶如電影《屍戰朝鮮》中的角色中毒般，殊不知身旁已有陌生眼神凝望著。

滿腹飽食後，美愉突然開心喊著：「那攤位有賣印度風味飾品耶！」我們前往飾品攤位歡歡喜喜逛完，準備回飯店休息。累癱的腦子無法思考，慢步地走著，此刻，昏暗巷內跑出一位戴帽戴口罩、手持小刀的男子，兇惡地說：「give me money!」

在我們倆仍搞不清楚狀況下，他快速強奪美愉斜背皮包而去……

被驚嚇的我睜開雙眼，好險是場惡夢，但好奇心使然，又想進入那惡夢中延續畫面，看看結局會如何？

爲安撫膽戰驚心的自己還是作罷，腦海中竟出現美愉一如輕鬆般大笑：「哈哈哈！還好我的大鈔、護照沒放在包包！」這夢境眞是驚險又無厘頭啊！

皇吟

第十七章　關於香港一九九三年～

那年，飛機降落在香港啓德國際機場，一出機場即搭上的士（TAXI），開往中環中銀大廈，前往兌換美金和港元以便商業給付使用。兌現後，再次步行至中環附近，那有英國風味的咖啡館，獨飲咖啡，安靜思索。

忙碌的香港中環，有不少白領人士走走返返，青春歲月來到這陌生的城市很慌亂，但唯一的解藥是我熱愛的廣東歌曲、迷人的英式建物、招牌和巴士。香港金融市場爲盛期的一九九三年，多少世界遊人來訪就是爲了兌換貨幣轉匯市場所需，聯合國般的國際人流，同樣帶來各式各樣的音樂和語言，忙碌人潮與快速的生活步調讓香港這塊小小土地也跟著被迫加快腳步，唯有強迫自己腦袋暫停，並且悠閒品嚐咖啡的時分才得以休息。

除了工作，來到旺角二樓後座附近茶樓，只爲了與 Beyond 樂團偶遇，旺角的哪

一個二樓後座不得而知？有多少個二樓後座有band房的聲響？循著這些聲音和軌跡都找不到二樓後座的正確位置！

那天，新聞播放你在日本跌落的消息，幾日後你去了另一個離我更遠的世界，應該說，這個空間裡再也沒有你的身軀，再也沒有你眞正的聲音，再也沒有你的樂團，你去了一個很遙遠的國度，很遠很遠，我形容不出那種感覺，只知道紅磡體育館裡，再沒有你的影子。

媒體報導很多關於你的事，整個亞洲都關注著，而這件事好像是一種奇怪的耳鳴附著在我的耳朵。直到某天，我去紅磡體育館觀賞某藝人演唱會，都還是想到你的臉和你的聲音～

一九九三年六月，你眞的走了，我每次都試著走你背著吉他走過的小巷子，停坐小食鋪吃著你可能品嚐過的小食，試著路過一些雜貨舖，想著你可能經過的地磚、你踏過的路段。

你沙啞的嗓音永遠在香港這塊土地上流傳著——

你轉過身笑著：「我只是去遠方旅行，一個人的旅行～」

怡薰

第十八章　夢裡游泳的帛琉水母湖

你是否曾經夢見自己游泳？我個人是不會游泳，但好幾回，會在夢裡，成爲能在海裡或湖裡悠游的好手。不只是可以順暢地悠游，還可以在水中漫步，能力強如水中蛟龍游，甚至可以自由自在地和水中動物們對話。

某日，夢中的自己好像急忙著要去哪裡？跳進一座湛藍的湖裡游著，湖邊種滿美麗的落羽松及銀杏，銀杏的綠葉落下飄進了湖裡，呈現一種好美的寧靜感。

閃進腦海的是一幅炫耀的畫作，那湖光透出的湛藍和天空形成美麗的對比藍，像是油畫般，漸層的美被畫家畫下來，倒映在湖面上的淺黃葉色和綠色，交織成不同的樹木色調與靈魂，我深信那座落羽松森林裡，一定住著可愛的小精靈。

而我浮出水母湖，望著這片美景，以爲自己是一個美人魚，湖內可愛的水母緩緩飄浮著，上上下下跳著曼妙的舞蹈。一切都那麼優美、一切都那麼平靜，我再次游進湖內和水母們遊戲著，閉上眼睛，感受不同的無重力游法，內心一股輕鬆！

過了不久，我再次浮出湖面，望著朦朧的湖光山色，山嵐與霧氣在不同的山層裡飄散開來，山邊的鳥和自然景致，讓心忘卻連日以來的忙碌……

夢醒後內心充斥著沛然的元氣，可謂美夢成眞啊！

怡薰

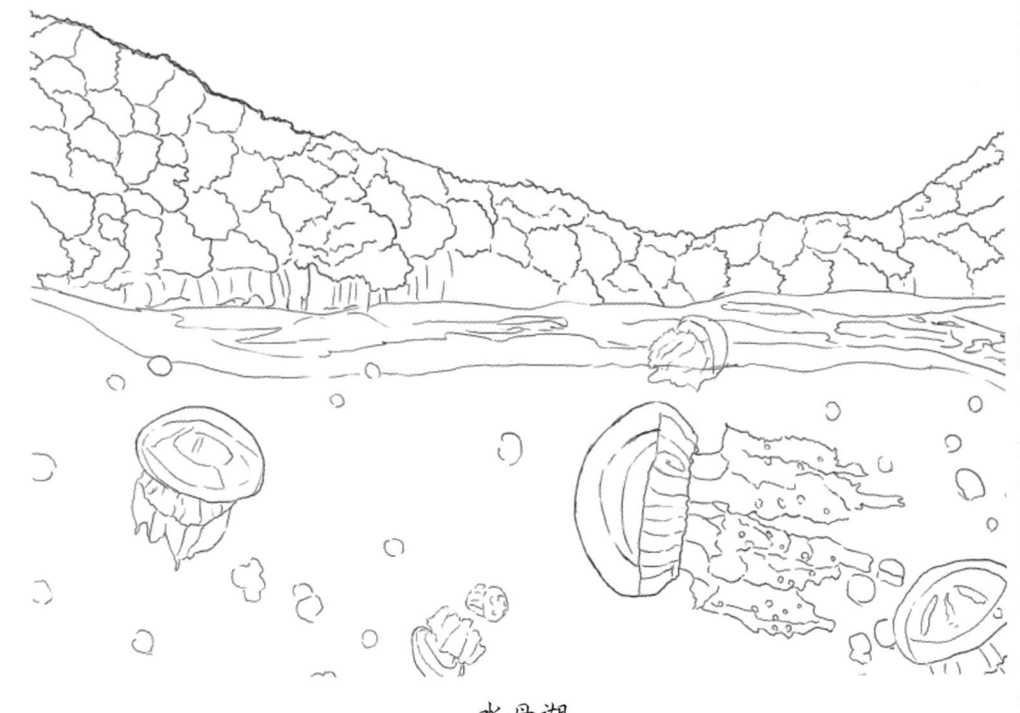

水母湖

第十九章　夢中鬱金香花之國度～　荷蘭

爸爸曾跟我說過：「有機會一定要去一回荷蘭。」

從荷蘭的史基普機場起飛，航行時往下看，一片最美麗最繽紛的色彩映入眼簾，望著那些花海彷彿世上所有的煩惱都被帶上空中去了。

記得是幾十年前的回憶——爸爸在非洲工作，曾和友人一同到歐洲遊玩的記憶，荷蘭除了花海還有我個人喜歡的贊丹小鎮，小鎮裡，有著色澤不同的屋脊，屋宇也混和不同的線條，屋脊邊條畫上白色的雪白綿條，好像四季都被白雪覆蓋，這景色是多麼療癒。現實生活裡，我倒是在市集裡買了幾棟同樣可愛的小屋子和荷蘭木鞋，當成家飾品，懷念著那次爸爸與友人的旅行；而我在意的仍是那些視覺裡沒有被爸爸忘記的鬱金香，十七世紀時荷蘭人開始種植這種美麗的花卉，有些人因炒作鬱金香而致富，有些人因而破產，花能成就聰明人，同時也能吞沒那些沒腦子的投資客，這就是美麗與現實之隔。

無論如何，自己也想在人生有餘之年，找個機會去荷蘭看看這世上最大的花園，探訪這外型似香檳杯的各色鬱金香，在花田邊與這些鬱金香喃喃地說著我與爸爸的生活趣事，人家說女兒是老爸上輩子的情人，今天適逢西洋情人節，望著天空滿天星斗，我想問偌大的宇宙銀河：

「過了這麼多年，爸爸內心是否也懷念各地旅行？」我深信是的。

怡薰

荷蘭

第二十章　植物治癒師

那日，美愉和幾位朋友相約來山中散步，病前時光總是過得特別快，只記得前幾周大家才約好要往山林走，今天腳就踏在通往山林的石階上了。

大家背著背包，談著工作的雜事，途中遇到一位奇怪的旅人，拿著一顆苔蘚球，往山中的樹邊貼附著。

友人問著這位旅人：「請問您爲什麼要把苔蘚球附在這大樹邊？」

旅人回答：「我本身很喜愛種植物，也定期會到山上健行散步。有天，遇到一位山友，把家中快死去的苔蘚送來山中，才知道可以透過附養讓植物恢復元氣。」

大家聽完紛紛睜大眼睛，望著這顆苔蘚球。

旅人再說：「我每個月都會拿苔蘚球回來，讓其依附大樹的養分，同時讓山林裡最棒的空氣滋養自己。」

回家後，美愉上網查詢了苔蘚球的養植方式，並買了幾棵苔蘚球回家置放。夢裡，這些美麗的植物在室內發出綠色和白色的泡泡，淨化著屋內每一寸空間，而且泡泡還會變型成可愛精靈的模樣，眞是太神奇了。

也許植物就像人一樣有語文能力，在植物的世界裡，用另一種方式說話，難怪喜歡植物的朋友都覺得，植物是心靈的治癒師。

怡薰

第二十一章　渡船頭　北韓

清晨，渡船頭的管理小門邊，二位管理人員被叫喚了起來，事發突然，原來是昨日半夜邊境處，居然有艘幽靈船出現，並發現了幾名被害的村民躺臥在小船下艙。

此事導致登船、離船手續更加繁複，若想上岸，必須備有文件才能通行。船務人員員接到祕密指令要搜查線索，所有人一臉緊繃，絲毫不敢怠慢，空間瀰漫著嚴謹的氛圍。士兵在大船抵達渡船頭岸之前，拉起了一條檢查哨，哨站堆疊著備考的文件，準備發給通關的村民使用。

遠眺而去，渡船頭前後的湖景平靜，沒想到，尚未破解那艘幽靈船和被害的村民案件，檢查哨現場又引發了一件令人好奇的神祕事件——某張備考的試卷上，被寫著：「種樹於美。」

士兵發現了此字樣，馬上遞給官員查看，這字裡行間的「種樹於美」是什麼意思？大伙都一頭霧水，大膽假設這一定是什麼祕密關鍵字。之後，對於登船的女性，士兵便特別仔細查驗，好似試卷裡藏匿著什麼訊息地端倪。

怡薰

渡船頭

第二十二章　長白山之虎（白頭山）　北韓

是否因 2022 是虎年，夢裡就出現老虎鷹揚虎視寓意，說眞個兒，這還是頭一遭讓我夢見。

夢境裡忙碌碼頭邊的市集叫賣聲四起，欲登船的人民得經過一個簡易考試才能領取食物，一條人龍後，士兵們一一分發過關者的補給糧食，有些村民們在河邊等著渡船到彼岸，有些村民按照規定讓官員搜查行李，碼頭上上下下各司其識，就在大家忙碌無暇注意之時，我和美愉帶著一份秘密文件和雞腿，避過了搜查手續，躲藏在一座山丘上。前往山丘的路上，有許多大小不規則的石塊拌著腳，緩步行走時腳底微微刺痛。

黃昏無日照，風冷颼颼吹起，爲了品嚐到這支雞腿，正猶豫要繼續往前行？還是往回走？聽見體質嬌弱的美愉已氣喘噓噓，實在不捨，心裡斷然決定：「回程吧！」

俯視山腳下，望眼見一隻龐大的動物，明顯特徵是身帶白、橘黃色毛皮，鑲嵌黑色直條紋。我們凝望著牠，牠也虎視眈眈瞧見我倆，從牠巨大口中發出凶猛威武的吼聲，震懾力極強，整個山谷間迴盪聲響起，恐懼害怕已籠罩著我倆，又見牠愉悅輕快地準備從山腳下往上奔向獵物……

這時我發出顫抖聲音問美愉：「這是在夢裡嗎？」

美愉鎮靜回應：「好像不是！？」

待續——

後記

一幕幕夢境之旅，留下足印般悠然文字，勾畫出自然藝術，夢醒了，才知我們仍相愛著。

無論旅途歡樂憂傷，請賜恩的力量，使我們繼續勇敢邁進，以爲精力已竭，再賜恩的信心，面對黑夜幽暗，依然引吭高歌。

Garden Friends Art

皇吟

怡薰

Joanna

逐夢續行

國家圖書館出版品預行編目資料

一個人的旅途 上回／皇吟、怡薰著. --初版.--
臺中市：白象文化事業有限公司，2022.5
面； 公分
ISBN 978-626-7105-54-2(平裝)

863.55 111002897

一個人的旅途 上回

作　　者　皇吟、怡薰
插　　畫　Joanna
發 行 人　張輝潭
出版發行　白象文化事業有限公司
412台中市大里區科技路1號8樓之2（台中軟體園區）
出版專線：（04）2496-5995　傳真：（04）2496-9901
401台中市東區和平街228巷44號（經銷部）
購書專線：（04）2220-8589　傳真：（04）2220-8505
專案主編　陳媁婷
出版編印　林榮威、陳逸儒、黃麗穎、水邊、陳媁婷、李婕
設計創意　張禮南、何佳諠
經紀企劃　張輝潭、徐錦淳、廖書湘
經銷推廣　李莉吟、莊博亞、劉育姍、李佩諭
行銷宣傳　黃姿虹、沈若瑜
營運管理　林金郎、曾千熏
印　　刷　基盛印刷工場
初版一刷　2022 年 5 月
定　　價　280 元